EMILE LESUEUR

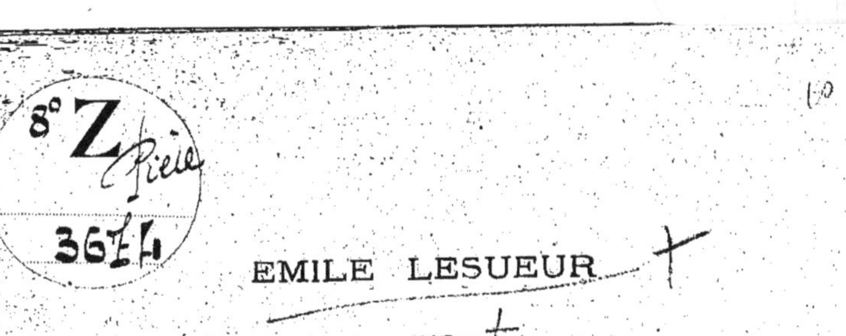

Hommes et Choses

du Pays d'Artois

ÉDITION DE LA REVUE *LA PROVINCE*

—

1907

Hommes et Choses

du Pays d'Artois

DU MÊME AUTEUR

La Moisson de gloires, épopée. — QUARRÉ, éditeur à Lille, 1900.

Chants au olocher, poésies. — TAILLANDIER, éditeur à Paris, 1900.

Cendres de Roses, poésies. — TAILLANDIER, éditeur à Paris, 1901.

L'Education sociale, TAILLANDIER, éditeur à Paris, 1903.

La Poésie des gueux, édition de *La France du Nord*, 1904.

L'Artois poétique, édition de la *Province*, 1905.

L'Agriculture dans le Pas-de-Calais, ouvrage honoré d'une souscription du Ministère de l'Agriculture, Paris, 1906.

Les Associations agricoles en Tunisie, rapport de mission, Imprimerie Nationale, 1906.

Etc...

EMILE LESUEUR

Hommes et Choses

du Pays d'Artois

ÉDITION DE LA REVUE *LA PROVINCE*

1907

Hommes et Choses

du pays d'Artois

Les académies provinciales ont leurs travers bien connus ; elles forment, le plus souvent, de mesquines chapelles, où l'admiration mutuelle est de commande ; l'on y travaille peu et sans méthode, quoique d'aucuns s'improvisent volontiers archéologues, numismates, poètes, pour s'entendre décerner des titres aimables, pour se voir tresser de somptueuses couronnes.

Fausse érudition, envie, prétention seraient, dit-on, les seuls mots à graver au frontispice de cénacles établis, moins pour servir l'intérêt de la Science, que pour se servir d'elle.

Ce n'est pas à un Artésien, respectueux admirateur de tous les efforts intellectuels, — quelque vains soient-ils, — qu'il convient de dire si l'Académie d'Arras répond à un tel idéal.

Sans l'affirmer toutefois, un récipiendaire, admis

récemment dans la compagnie, a eu le rare mérite de montrer le danger, de signaler l'écueil où tant de barques, enguirlandées de roses, ont déjà sombré.

Seul, un écrivain jeune pouvait avoir cette audace.

Docteur ès-lettres à 24 ans, ancien élève de l'Ecole des Chartes, puis hôte du Palais Farnèse, à Rome, enfin lauréat du prix Gobert, M. Eugène Déprez, que les hasards d'une brillante carrière ont fait archiviste du département du Pas-de-Calais, a pris pour sujet de son discours de réception : « La Fausse Erudition. »

Les défauts les plus remarqués chez les demi-savants sont le préjugé, l'idée préconçue ; sans doute, ceux-ci possèdent un vif désir de savoir, la passion de l'inconnu ; mais ils ne sont pas les fanatiques du vrai, puisque leurs efforts ne tendent qu'à découvrir des faits nouveaux, des arguments insoupçonnés, grâce auxquels ils pourront, demain, étayer les convictions à priori qu'ils avaient hier.

Parfois même, les qualités si nécessaires d'impartialité, de sincérité, manquent aux éducateurs.

Esprits superficiels, aptes dans l'unique branche qu'ils sont appelés à enseigner, infatués de leur savoir, ils tombent souvent dans la puérilité, sans vouloir jamais quitter les chemins battus, où leur char s'est embourbé, à la suite de quelque maître despote.

« Ainsi, dit M. Déprez, un fils de roi naît quatorze ans après la mort de son père ; un arpenteur devient pape deux fois sous le même nom, à cinq siècles de distance ; les draps de Bruges sont fabriqués à Bour-

ges; les cadastres communaux s'enrichissent de hameaux nouveaux, ustensiles de ménage, ou engins de
de pêche.

« L'alphabet devient la propriété littéraire d'un certain Albalet, sur lequel l'histoire est muette. On vous qualifie de larron, alors que vous êtes baron, de bougre, alors que vous agissez de votre bon gré. Le moine espiègle, qui joue au réfectoire, devient : mon frère Ive; le cheval porte-pavillon du pape est tenu en bride par Papillon; le bâtard d'un prince fait souche d'une nouvelle famille les Bastards. Des villes nouvelles font une apparition aussi soudaine qu'inattendue. Dans une table alphabétique de noms de personnes et de noms de lieux, dont il revendiquait la paternité, un auteur consciencieux et scrupuleux a bien pris le soin de nous aviser qu'Abbeville était dans le Pas-de-Calais. »

Telles sont quelques-unes des erreurs attribuées à ces demi-savants, les *boursouflés*, dont l'esprit comme le style est ampoulé, l'érudition vaine, creuse, doublée d'une prétention injustifiée.

« Comme l'ivraie, continue l'auteur, elle prend d'abord racine, puis fait souche dans ces maisons hospitalières qui généreusement abritent des boursouflés dangereux, vénéneux comme ces champignons appelés vesses-de-loup. De loin, ils paraissent et on les prendrait pour de jeunes oronges fraîchement sorties de terre dans leurs coques blanches. Mais il ne faut pas se fier aux apparences. Car ils sont creux; dès qu'on les écrase, ils laissent échapper une poussière brunâtre et malsaine. Tels les champignons vénéneux, les boursouflés ont une cavité intérieure où gît leur malignité cachée : c'est à nous de les éviter et de fouler aux pieds ces empoisonneurs publics de la Science.

« Fort heureusement la fausse érudition — si elle est souvent insupportable et dangereuse — n'est pas toujours malfaisante et empoisonnée. Il y a des boursouflés inconscients, victimes de leur esprit léger et superficiel, irresponsables de leurs lacunes scientifiques. A ceux-là, l'on peut et l'on doit pardonner. »

Parfois aussi, les boursouflés font souche, pour le plus grand mal de la Science, car ils se transmettent, à l'instar des coureurs antiques, non le flambeau de leurs connaissances, mais celui de leurs préjugés et de leur vanité.

Ce sont les lignées intellectuelles, soutien habituel des académies provinciales.

Ce discours, d'une belle tenue, a produit une certaine émotion dans l'auditoire nombreux qui se pressait sous la coupole.

Peut-être l'auteur eût-il été mieux inspiré en mettant en parallèle, non pas l'érudition d'en face et la sienne, non pas la mauvaise méthode de travail et celle qui lui est propre, mais en opposant le prétendu savoir de ces petits-maîtres infatués et sots, à l'effort de nos modernes précurseurs qui, dans le modeste labeur des laboratoires, parmi les cornues et les filtres, vont découvrir quelqu'un des remèdes aux maux dont souffre l'Humanité.

Peut-être enfin, certains angles eussent-ils gagné à être adoucis, alors même que les critiques étaient présentées dans le prisme d'élégantes images et sur un lit de fleurs.

En dévoilant ces travers, ces erreurs, M. Déprez a eu un grand courage ; bon ouvrier de la Science, il a porté un premier coup de pioche à l'édifice de la fausse érudition et des préjugés d'école.

Il serait présomptueux de croire que cet appel sera de sitôt entendu et que se réformeront sans tarder les méthodes, les façons et les mœurs de certains écrivains régionaux.

A ce propos, nous revient à l'esprit ce prodige que, non sans émotion, raconte Plutarque :

La chute du vent avait arrêté la course d'un navire dans les environs de Corcyre.

Au milieu du calme ambiant, les matelots crurent ouïr une voix, venant de terre, qui s'adressait à Thamos, pilote égyptien.

Elle l'appela trois fois ; il répondit enfin : « Me voici ! »

Alors la voix mystérieuse continua : « Lorsque tu auras atteint la hauteur de Palodis, annonce que le grand Pan est mort. »

A l'endroit indiqué, le vent faiblit de nouveau et Thamos, monté sur la poupe du vaisseau, s'écria, regardant la terre : « Le grand Pan est mort ! »

A ce moment, un long murmure s'éleva au-dessus de la mer, comme une lamentation portée de vague en vague.

L'empereur recueillit aussi ce message, fit venir le pilote Thamos et lui demanda le sens de sa prédiction.

Il consulta même, à ce sujet, les philosophes de son entourage, qui lui répondirent, avec sérénité, que le grand Pan était un dieu, fils de Mercure et de Pénélope, et que, seul, un imposteur, pouvait annoncer sa mort.

Ils n'avaient pas compris, ces demi-savants de l'époque, que, ce soir-là, sur les mers profondes de l'Hellade, la conscience humaine avait repris ses droits et que, reniant les vieux errements, lasse d'une domination abjecte, honteuse des dogmes impurs, elle avait cru percevoir, dans l'appel de Thamos, l'écho des funérailles d'une religion mourante.

Cette Révolution, que le pilote égyptien proclame sans en saisir la portée, Plutarque la comprend, la devine ; il croit voir chanceler les murs lézardés des temples antiques ; mais il vient encore, prêtre d'un culte défaillant, apporter à l'autel, sous un pli de sa toge, et immoler la dernière colombe blanche.

Cette ultime offrande aux préjugés littéraires, M. Déprez n'a pas voulu la faire, préférant être le pilote qui annonce la rénovation tant souhaitée.

Mais pourquoi ce jeune talent, un peu dépaysé, n'a-t-il pas cru devoir rester attaché pendant plus d'un jour à notre vieille académie, qui aurait pu gagner un peu de vigueur, à s'infuser un sang nouveau, mais ne l'a point compris ?...

*
* *

M. Victor Barbier, l'aimable poète et l'historien des Rosati, répondit au récipiendaire. Il le fit avec beaucoup d'esprit et de malignité. La thèse paraissait difficile à soutenir, — n'était-ce point un peu celle des boursouflés ?

L'orateur l'a défendue brillamment avec le concours de ces jeux de mots légers, mordants parfois, qui portent toujours sur un auditoire acquis d'avance.

Comment douter, un seul instant, du libéralisme d'une académie, qui compte bientôt deux siècles d'âge, qui vit sept révolutions, sans celle de ce jour, et qui survécut à toutes ?

Ses membres ne se laissèrent pas effaroucher par des opinions extrêmes, frisassent-elles l'hétérodoxie ; elle a connu des hommes partis des points les plus opposés qui, sous sa coupole, sont parvenus souvent à se comprendre, toujours à s'estimer.

Il faut avouer que l'académie d'Arras, en jeune fille coquette qu'elle était alors, admit en son sein les esprits les plus divers ; ils vinrent lui porter mieux que leur nom, leur concours actif.

L'un de ses membres, Lazare Carnot, qui s'était dévoilé poète aux Rosati, lui récita, sans doute, l'un de ses poèmes, l'aventure amoureuse du beau Lucas et de la douce Thémire, par exemple :

> Une fleur est si peu de chose !
> Peut-on refuser une rose
> A son Lucas ?
> Prends donc pitié de mon martyre...
> Mais elle, s'obstinait à dire :
> Je ne veux pas.
>
> Cependant Lucas, par son zèle,
> Commençait à mettre la Belle
> Dans l'embarras :

Lucas, dit-elle, je soupire,
Mais ne croyez pas me séduire,
    Je ne veux pas.

Mais on ne voulut point entendre
Un refus fait d'un air si tendre,
    D'un ton si bas ;
La Belle connut son délire,
Quand il n'était plus temps de dire:
    Je ne veux pas.

Belle, de l'amant qui vous presse,
Voulez-vous augmenter l'ivresse
    En pareil cas ?
Tout en faisant ce qu'il désire,
N'oubliez jamais de lui dire :
    Je ne veux pas !

Et Maximilien Robespierre eut aussi l'occasion de montrer à ses collègues de l'académie, qu'il connaissait, comme Carnot et les beaux esprits du temps, l'art des vers, et qu'il ne répugnait pas à écrire quelques refrains dans le genre de celui-ci, où il se moque des boursouflés :

Crois-moi, jeune et belle Ophélie,
Quoi que dise le monde, et malgré ton miroir,
Contente d'être belle et de n'en rien savoir,
    Garde toujours ta modestie,
    Sur le pouvoir de tes appas,
    Demeure toujours alarmée :
    Tu n'en seras que mieux aimée
    Si tu crains de ne l'être pas.

Médiocre poésie, dira-t-on ; quoi d'étonnant à cela, s'il est vrai, comme certains esprits malins le prétendent, que nos aïeux les Rosati préféraient encore l'autel de Bacchus à celui d'Apollon ?...

Mais s'il était relativement aisé, en jetant un regard en arrière, de rappeler ces traditions de libéralisme, l'éclectisme des anciens académiciens, la tâche eût été plus âpre pour M. Barbier, s'il eût voulu prendre la défense des boursouflés, ces éternels parasites de la science et de l'art.

Il ne l'a pas fait, pensant, avec raison, qu'un tel reproche ne saurait sans doute atteindre une compagnie qui, fort heureusement pour elle, ne délivre ni diplômes pompeux, ou décorations, ni prix de vertu, ou rentes viagères, qui ne reconnaît pas à ses membres le droit au port d'un habit brodé d'or et qui, pour ces raisons et d'autres, leur conseille toujours la modestie.

« Mais que fait donc entre vos mains, dit l'orateur au récipiendaire, ce pavé dont nous semblons avoir été la cible, ou cette bombe que vous paraissez avoir réservée pour les vingt-neuf électeurs dont le suffrage s'est réuni sur votre nom ? Rassurez-vous cependant : il n'y a pas eu d'accident de personnes ; notre amour-propre même n'est pas effleuré.

« Pourtant les dégâts matériels sont considérables : il ne reste rien de la coupole académique, dont vous vantiez l'élégance ; notre parterre est ravagé, nos plates-bandes dévastées et nous ne trouverions plus les quelques fleurs nécessaires pour composer le bouquet qu'on offre d'ordinaire aux nouveaux venus... »

C'était là répondre avec esprit à des critiques générales et impersonnelles.

Mais pourquoi donc un tel émoi au sein de la compagnie, si le conseil de M. Déprez était superflu, si la leçon n'avait point porté ?

**

Un membre de l'académie, l'un des plus modestes, vient de publier récemment un excellent ouvrage.

Les Récits et Pensées, de M. J. Viscur [1], n'ont pas fait l'objet d'une communication à cette assemblée, et n'ont pas vu le jour dans ses recueils périodiques. Du reste un tel travail, par son sujet et par sa forme, s'éloignait trop des habituelles études qui y sont insérées.

Voici la vivante histoire de deux amis que l'auteur a connus et dont, avec un grand souci d'exactitude, il narre un chapitre de la vie.

Le cadre où vont se dérouler les événements n'est point éloigné de nous :

« Lorsque l'on quitte la vieille cité des Atrébates, tour à tour gauloise, romaine, espagnole, puis enfin française, et qu'on remonte vers le nord, en donnant un dernier regard à son fier beffroi, témoin de son autonomie et de ses franchises à l'époque des communes, on arrive, après quelques heures de marche, dans la souriante vallée que les collines d'Artois, à leurs premiers soulèvements, profilent sous des clartés opalines semées d'éclaircies d'azur et frangées de nuages qui se font, aux couchants d'automne, pourpre et saphir,

---

[1] *Récits et Pensées*, par M. J. Viscur, un élégant volume in-12, avec une eau-forte de M. Mayeur ; Asselin et Houzeau, éditeurs, à Paris.

émeraude et topaze, en des tableaux que rien ne surpasse en richesse et beauté. Une jolie riviérette s'ajoute au paysage, le complète de ses méandres découpant la prairie, de son léger bruissement et de sa parure de bosquets, chers jadis aux vagabonds du rêve, mais aujourd'hui dépoétisés par l'invasion industrielle et le voisinage des mines de houilles projetant au loin leur noir réalisme.

« Et, au fond de la vallée, sur le versant sud de la colline, s'épanouit, en constructions coquettes, le village de Souchez, avec ses chutes d'eau et ses moulins, sa tour romane et sa croix de grès octogonale, haute de huit mètres, datant du XVIᵉ siècle. »

Quant aux deux amis, l'un est un brave paysan de la plaine d'Artois, sans égoïsme et sans richesse, cultivant à bail quelques arpents de terre, assez pour ne point mourir de faim, trop pour les sacrifices qu'il doit y faire, pour l'intelligence qu'il y peut donner ; l'autre, un chien, défenseur et consolateur du premier, semble lui faire oublier par ses caresses que les pauvres n'ont pas d'amis.

Ce jour-là, l'on chômait aux champs ; vêtu de sa large blouse bleue, coiffé d'une casquette de soie noire, comme en portent nos paysans, Jean-Philippe est allé au village voisin, en compagnie du fidèle Cadet.

D'ailleurs son maître veut le distraire un peu ; le chien n'a-t-il pas, la nuit précédente, détruit une palissade pour s'évader ? ne paraît-il pas, sous une souffrance cachée, rechercher l'isolement, l'obscurité et subir le poids d'une énorme fatigue ?

Cette tristesse étrange, cette inquiétude qui remplacent son ordinaire gaîté, n'ont pas été sans frapper le campagnard.

Que sera-ce donc, quand, arrivé à la hauteur de la passerelle jetée sur le ruisseau, le chien devance son maître et, l'écume aux lèvres, la voix rauque, l'œil étincelant de rage, lui barre le chemin.

Jean-Philippe a compris l'imminence du danger ; il cueille, à l'oseraie voisine, une gaule solide et, puisque toute retraite lui est impossible, la mort dans l'âme à la pensée d'immoler son seul ami, il accepte l'horrible duel avec la rage.

L'homme a vaincu la bête ; il l'a laissée pantelante sur le bord ensanglanté de la rivière, et poursuit son chemin.

« Mais, continue l'auteur, pendant que, pâle encore d'émotion, il s'est attardé à la première maison pour faire laver et panser les blessures qu'il porte à la jambe, conter sa terrifiante aventure, l'autre combattant, vaincu et laissé gisant sur le bord de l'eau, mais qui n'a pas été achevé, et que, dans la hâte de partir, on n'a pas poussé définitivement dans la rivière, revient peu à peu de son anéantissement. Il est de nouveau sur pieds, cherche d'abord à se reconnaître, et, les yeux meurtris, presque éteints, tout ensanglanté, vacillant, près de tomber à chaque pas, s'est remis en marche.

« Une seule idée, pure survivance d'instinct à ce terme de désagrégation cérébrale et de folie rabique, le soutient et le guide : arriver au plus vite, au plus court, comme s'il avait la crainte d'expirer sur le chemin, dans l'abandon de tout, et sans avoir exercé sa vengeance. Il est à la porte de son habitation en même temps que son maître ; il ne le voit plus, il le sent ; et avant que celui-ci, immobilisé et frappé de stupeur devant ce spectre debout, chargé de colère et de haine, ait pu reculer ou fuir, il a rassemblé ses forces défaillantes, retenu sa vie qui s'échappe, et il peut, dans une âpre et dernière morsure, exhaler toutes ses souffrances, toute sa fureur et mourir. »

Le drame est terminé, Jean-Philippe en redoute cependant les fatales conséquences.

Il devient taciturne ; une obsession terrible le poursuit à chaque instant et il se croit lui-même atteint par le mal.

Deux remèdes se présentent à lui : accomplir un voyage à Saint-Hubert dont on connaît la réputation soigneusement entretenue, ou se faire soigner à *l'Institut Pasteur.*

Consulté par le patient sur l'opportunité du pèlerinage, après les pansements phénolés des morsures, après le traitement scientifique, l'auteur le conseilla sans hésitation.

« Non, dit-il, non que je le crusse capable d'arrêter l'évolution de la rage réellement inoculée, mais parce qu'il laisse espérer aux croyants que le mal redouté n'évoluera pas ; qu'ainsi, on ajourne pour eux les plus poignantes angoisses, et on en abrège la durée, toujours trop longue, si l'issue doit être fatale. L'hésitation n'était pas permise ; je me la serais reprochée comme

une cruauté, comme une désertion au devoir de tolérance et de pitié humaine que n'excluent pas, qu'avi-
vent au contraire, l'esprit critique, la liberté et la
hardiesse de la pensée. »

Le danger serait que, dans l'absolu de la foi, on re-
courût au saint sans s'être fait immuniser, par injec-
tion préalable, ou par cautérisation et destruction du
virus rabique jusqu'au fond de la morsure.

Jean-Philippe, après s'être fait soigner à l'Institut,
parcourt maintenant les collines d'Ardenne.

Voici Saint-Hubert et le Val-Joli ; voici les bosquets et les prairies que dominent quelques vieux moulins, dont les ailes désemparées ont des gestes lamen-
tables.

Le paysan d'Artois goûte peu cette nature ; on lui
a octroyé le répit qui doit immobiliser le mal et, au
haut de la colline, dans l'église ornée d'ex-voto, devant les ors étincelants de la châsse, il fut enfin dé-
livré, par quelques prières, de l'épouvantable obsession.

De retour au pays, Jean-Philippe continua sa mono-
tone existence ; il ne fut pas fêté comme un client de
Saint-Hubert, guéri par l'effet d'un miracle, parce
qu'il dit à ses voisins avoir remarqué surtout un
gros anneau de fer, scellé dans le mur aux pieds du
tabernacle et qu'un lion n'arracherait pas.

Cet anneau était destiné, selon lui, à maintenir les
malheureux devenus enragés dans l'extase du sanc-
tuaire.....

Ce livre abonde en aperçus philosophiques très ori-
ginaux ; les descriptions sont bien venues et leur

intérêt s'accroît des illustrations qui les complètent.

L'auteur a su placer, sous la trame légère d'un récit charmant, de profondes suggestions morales et sociales ; ces peintures, pleines d'éclat et de finesse, cachent une fière réponse aux questions les plus importantes et les plus troublantes, réponse empreinte d'une large tolérance, de la sérénité d'âme d'un doux vieillard et d'un brave homme.

C'est ce qu'a rendu M. Victor Barbier, en ces iambes intimes :

> Comme ombre au familier tableau de la campagne,
> Au fier croquis du vieux beffroi,
> Quelque glose instructive et savante accompagne
> Ton texte...

Il convient de citer la conclusion de cette étude, où se condense, en quelques phrases lapidaires, la pensée de l'auteur :

« Si la science et la raison se refusent à croire à une préservation surnaturelle de la rage, comme de toute autre maladie ; si elles offrent par humaine commisération leurs secours aux croyants, elles ne les détournent pas des pèlerinages et dévotions qui peuvent assurer à leur esprit le calme, la sérénité qu'ils ne trouveraient pas hors de là. Tolérantes et patientes, étant la vérité invaincue, invincible ; ne jurant que sur preuve et n'excommuniant personne, elles attendent du temps et d'une culture intellectuelle plus générale leur victoire définitive. A l'inverse de l'erreur qui réclame la force du glaive et une liberté de domination, pour s'imposer et se soutenir, elles n'ont

besoin que de leur seule force de lumière pour éclai-
rer et conquérir le monde. »

* *

L'on pense et l'on travaille donc, au pays d'Artois,
dans le monde des lettres, ou de la sociologie, comme
dans celui des champs.

Quel thème plus passionnant en effet, à parcourir
et à connaître, que cette vie locale, toute remplie des
souvenirs émus d'hier, des efforts méritoires d'aujourd'hui, et qui, pour Verhaeren comme pour nous,
admirable et multiple,

> ... Distille une assez rouge et tonique liqueur,
> Pour s'en griser la tête et s'en brûler le cœur.

Cette réalité, à la fois intense et concrète, faisons-la
nôtre par le travail, seule tradition vraie qui nous
relie aux siècles passés.

Visons au parfait, avec l'espoir de peut-être atteindre le bien.

Académiciens ou non, boursouflés ou non, cher-
chons à connaître nos défauts et à nous en corriger ;
gardons-nous de la sotte présomption qui fait sourire
l'homme d'esprit ; imposons-nous par l'étude réfléchie
et l'indulgente bonté, plutôt que par la vanité.

Ainsi nous pourrons dire, avec la conscience d'un labeur fécond :

Nous apportons, ivres du monde et de nous-mêmes,
Des cœurs d'hommes nouveaux dans le vieil univers.

TOURS, IMPRIMERIE PAUL BOUSREZ. — J. ALLARD, SUCC'.

www.ingramcontent.com/pod-product-compliance
Ingram Content Group UK Ltd.
Pitfield, Milton Keynes, MK11 3LW, UK
UKHW020113100726
13658UKWH00005B/2145